겨울을 견뎌낸 나무

메리 페이(Mary Fahy)
미국 자비의 수녀회(Sisters of Mercy) 멤버로, 교육자 겸 경건 생활 지도자로 코네티컷에 살고 있다. 주로 삶의 전환기에 자신을 발견하거나, 상실감 또는 재탄생을 경험하는 사람들을 대상으로 한 이야기를 쓰고 있다. 지은 책으로 《겨울을 견뎌 낸 나무》, *A Time for Leaving*이 있다.

에밀 안토누치(Emil Antonucci)
화가이며 뉴욕 파슨스 디자인 스쿨에서 학생들을 가르치고 있다.

오현미
이화여자대학교 불어불문학과를 졸업하고 현재 전문 번역가로 활동하고 있다. 《진리를 말하다》, 《주목할 만한 일상》, 《언어의 영성》, 《완전한 확신》, 《설교자의 서재》, 《하나님의 임재 연습》 외 다수의 책을 번역했다.

The Tree that Survived the Winter
by Mary Fahy

Text copyright © 1989 by Mary Fahy
Illustrations copyright © 1989 by Emil Antonucci

Originally published in English as *The Tree that Survived the Winter* by Paulist Press,
997 Macarthur Boulevard, Mahwah, New Jersey 07430 U.S.A.
All rights reserved.

This Korean translation copyright © 2019 by Viator, Paju-si, Gyeonggi-do, Republic of Korea.
Published by arrangement with Paulist Press through rMaeng2, Seoul, Republic of Korea.

이 한국어판의 저작권은 알맹2 에이전시를 통하여 Paulist Press와 독점 계약한 비아토르에 있습니다.
신 저작권법에 의해 한국 내에서 보호를 받는 저작물이므로 무단전재와 무단복제를 금합니다.

겨울을
견뎌낸
나무

메리 페이 글
에밀 안토누치 그림
오현미 옮김

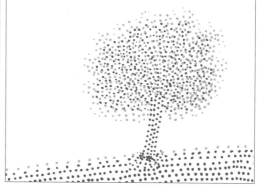

비아
토르

viatn

.......................님께

세상의 모든 것이 추위로 다 얼어붙은 것처럼 보여도

그 가운데 생명이 움트고 있음을 아는 님에게

이 책을 드립니다.

1

어느 날 아침, 여느 때보다 일찍 잠이 깬 나무는 이른 새벽빛을 자기 세상으로 불러들이기라도 하려는 듯 지평선 쪽으로 기지개를 켰습니다. 나무는 기쁨으로 몸을 흔들면서 질척한 땅속의 뿌리를 꼼지락거려 봤습니다. 딱딱하게 얼었던 땅은 이제 겨우 부드러워지기 시작한 참이었습니다.

2

나무는 뭔가 다르다는 걸 느꼈습니다. 뿌리가 땅속으로 더 깊이, 더 튼튼히 뻗어가고 있는 것 같았습니다. 가지는 세상을 더 많이 품는 것 같았습니다. 바람에 뒤엉킬까 겁내는 어린나무의 소심한 몸짓이 아니라, 바람도 나를 넘어뜨릴 수 없다는 것을 아는 자유로움으로 말입니다.

"나는 겨울을 견뎌냈어!" 나무는 큰 소리로 경탄했습니다.

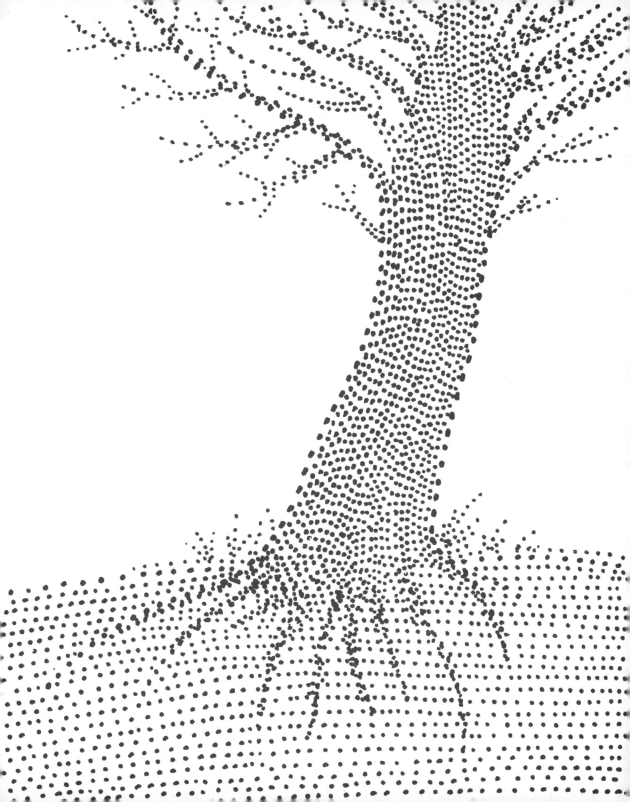

3

"얼마나 멋진지." 새벽이 속삭였습니다. 얼마나 자주 겪는 기적이든, 새벽은 기적이 일어날 때마다 이를 알아보는 재주가 있습니다. 새벽은 축복의 예식이라도 베풀 듯 어린나무 주변을 빙빙 돌면서 부드럽게 나무를 감싸 안았습니다. 덕분에 나무는 자신이 아주 특별한 존재라는 느낌이 들었습니다.

"정말 얼마나 기분이 다른지 몰라." 나무는 혼잣말을 했습니다. 그도 그럴 것이 몇 주 전만 해도 뿌리 밑에서 녹고 있던 땅이 나뭇가지마다 오싹한 한기를 흘려보내 공포에 질리게 했으니까요. 나무는 그때 놀라서 소리 질렀었습니다. 그 컴컴한 구멍에 빠져 길을 잃을지도 모른다는 생각이 들었거든요.

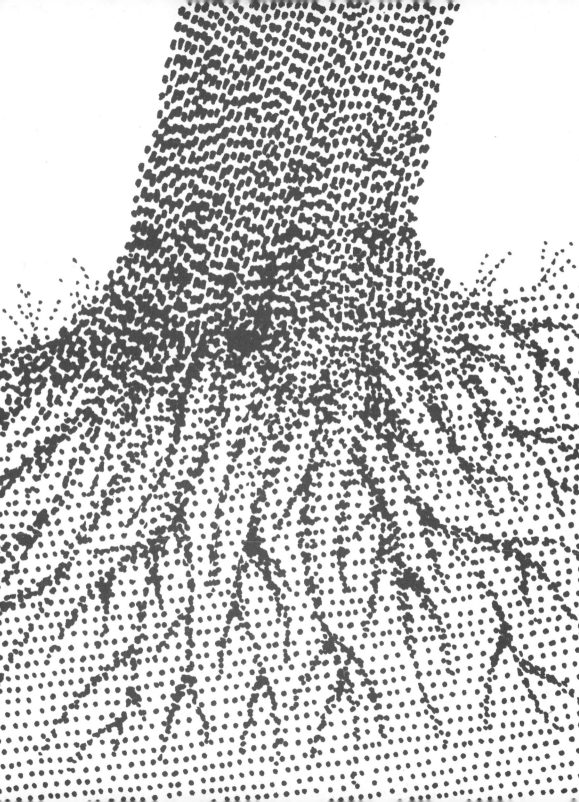

4

"지금 생각하니 그 모든 게 얼마나 어리석어 보이는지." 나무는 깨달았습니다. 어리석었지만 그 느낌은 진짜였고, 부인할 수 없었습니다.

그 기분은 전에 안전하고 편안한 묘상苗床에서 뽑혀 나와 이 외로운 산비탈에 이식되었을 때 느꼈던 절망감과 다르지 않았습니다. 그때 얼마나 무서웠는지 나무는 생생하게 기억했습니다. 익숙하고 소중했던 모든 것에서 떨어져 나왔기에, 그런 만큼 나무는 두려움에 사로잡혔고, 자기가 누구이며 앞으로 무엇이 되어야 할지 몰라 불안했습니다.

5

하지만 두려움과 뒤섞여, 그 두려움을 덜어 주는, 부인할 수 없는 한 가지 느낌이 있었습니다. 내가 다른 나무들 가운데서 선택되었다는, 사랑과 확신으로 이곳에 이식되었다는 느낌이었습니다.

추운 겨울을 지나는 동안에도 나무는 자주 이유를 물었습니다. 그러나 불안에 떨면서도 나무는 자기 속의 한 목소리를 느꼈습니다. 작지만 차분한 그 목소리는 나무의 내면에 있는 다른 모든 것이 다 얼어붙은 것처럼 보일 때에도 여전히 물 흐르듯 부드럽고 생생했습니다.

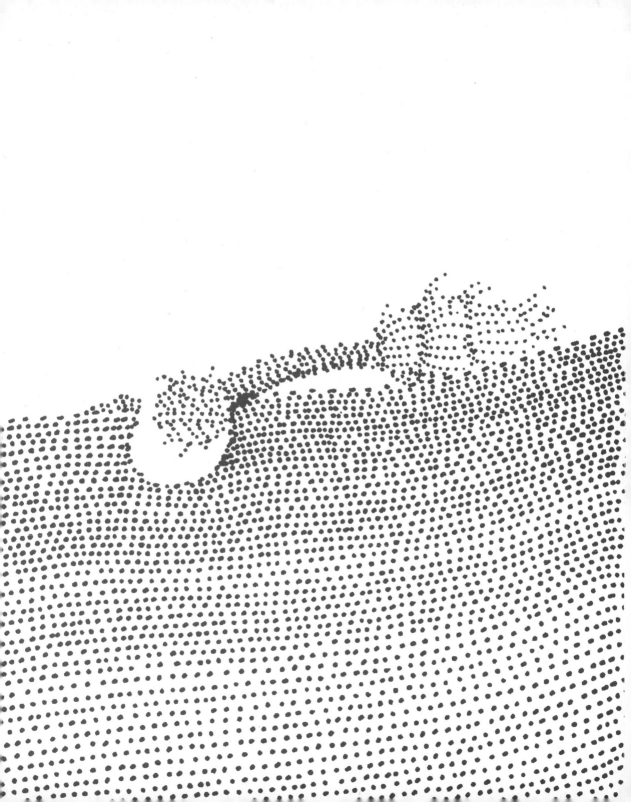

6

그런데 이제—이제!—나무는 자기 내면의 생명이 바깥세상과 조화를 이루고 있다는 깨달음으로 충만했습니다. 나무는 춥고 음울한 몇 달 동안 자기도 모르게 단단히 조이고 있던 뻣뻣한 섬유 조직을 느슨하게 풀어놓았습니다.

"나는 겨울을 견디고 살아남았어!" 나무는 기뻐서 어쩔 줄 몰랐습니다.

7

"너는 겨울을 견디고 살아남았어!" 새들이 따라 외치며 이 가지에서 저 가지로 부지런히 옮겨 다니기도 했고 나무가 알아차리지 못하는 사이 새로 뻗어 나간 연한 가지 위에서 폴짝폴짝 뛰기도 했습니다.

"오!"

이 한 마디뿐이었습니다. 겨울바람 앞에서 한때 앙다물려 있던 가지 끄트머리로 새순이 하얗게 모습을 드러내는 것을 살펴보면서 나무가 가만히, 경건하게, 입 밖에 낼 수 있었던 말은.

8

"나는 겨울을 견디고 살아남았어." 나무는 탄식하듯 말했습니다. "게다가 더 자라기도 했다고!"

"너는 겨울을 견디고 살아남았고 너는 더 자라기도 했어." 산들바람의 합창 소리가 나무를 다정하게 간질여 바람의 당김음 리듬에 맞춰 춤추게 했습니다.

9

며칠이 지나자, 나무 안의 에너지가 완전히 폭발하듯 터져 나가 조롱조롱 사랑스러운 꽃송이들을 피워 냈습니다. 나무는 꽃송이들이 하루하루 커가며 점점 더 아름다워지는 모양을 지켜봤습니다.

봄비가 촉촉이 내려 나무에게 축하와 격려를 전했습니다. "너는 겨울을 견뎌냈고 게다가 점점 자라고, 자라고, 또 자라고 있구나…."

10

"자라고 있다고! 그래, 나는 자라고 있어." 나무는 고개를 끄덕였습니다. "나는
겨울을 견뎌냈을 뿐만 아니라 자라고 있어." 나무는 새로워진 자기 모습에 감탄
하며 기쁨으로 몸을 떨었습니다. 그 바람에 나무 둥치를 의지해 피어 있던 제비꽃
들 위로 빗방울 몇 개가 떨어졌습니다. "살아 있다는 건 좋은 거야." 나무는 꽃들
에게 말했습니다.

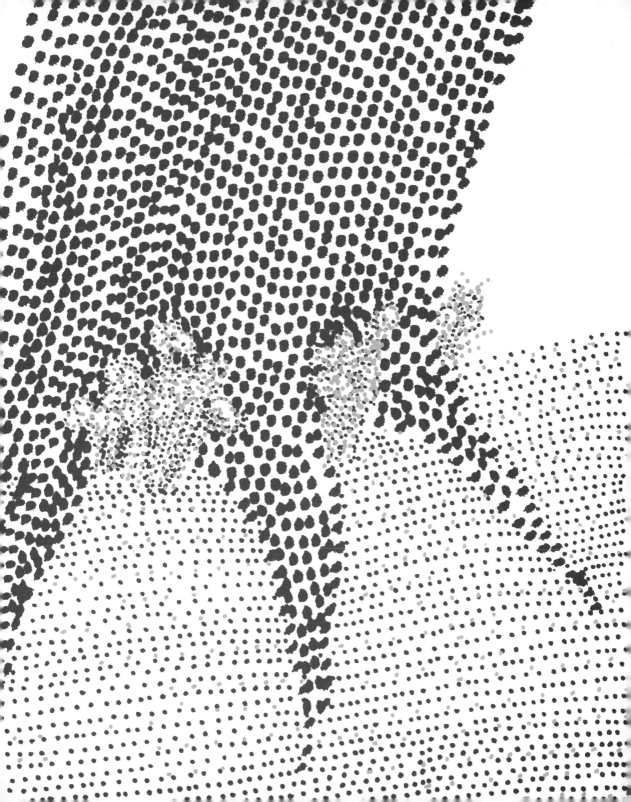

11

"그렇고말고." 비구름 뒤에서 해가 불쑥 모습을 드러내며 말했습니다. "네가 겨울을 견뎌내고 살아남은 건 네가 아주 큰 사랑을 받기 때문이란다!"

12

나무는 미소 짓는 해의 온기가 가지들 깊숙이, 심지어 몸통의 껍질 속에까지 스며 드는 것을 느낄 수 있었습니다. 나무는 자기를 샅샅이 살펴봐도 좋다는 듯 꼿꼿하고 자랑스럽게 몸을 세웠습니다.

"나 좀 사랑스럽지 않나요?" 나무는 짐짓 무심하게 꽃송이를 살랑 흔들어 보이고 긴 가지를 살짝 굽혀 우아하게 인사하면서 물었습니다. "내가 겨울을 얼마나 잘 견뎌냈는지 보세요."

13

하지만 그 순간, 나무는 동작을 멈추었습니다.

힘겨웠던 겨울의 기억이 분노와 아픔의 칼날을 나무에게 쑥 디밀었기 때문입니다. 봄이 다 치유해 주었다고 생각했는데….

"내가 당신을 필요로 했을 때 어디에 있었어요?" 나무는 해를 향해 소리 질렀습니다. 억눌렸던 서러움이 갑자기 터져 흐르더니 껍질 사이 갈라진 틈으로 스며 나와 몸통을 따라 흘러내렸습니다.

"당신이 필요했다고요! 당신이 정말 필요했는데, 당신은 옆에 없었어요." 나무는 흐느껴 울었습니다. "당신이 그렇게 오래 안 나타나서, 나는 너무 춥고 외롭고 겁이 났다고요. 당신이 여기 없으니 날은 너무 흐렸어요. 멀리 당신 모습이 보여도 온기는 느낄 수 없었고 내 목소리는 당신에게 닿지 않을 것 같았어요. 내가 떨고 있는 게 안 보였나요? 나는 너무 약해져서 부러질까 두려웠어요. 게다가 내 뿌리는 땅속에서 굳어갔고, 껍질은 갈라지고, 또…"

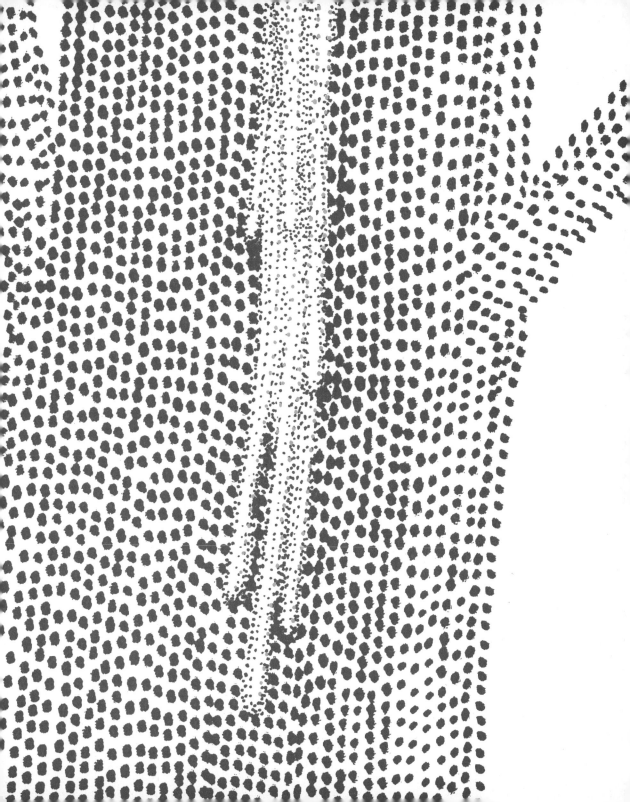

14

나무는 말을 잇지 못하고 소리쳐 울기만 했습니다.

"… 그리고 당신이 그리웠다고요, 몹시도요!"

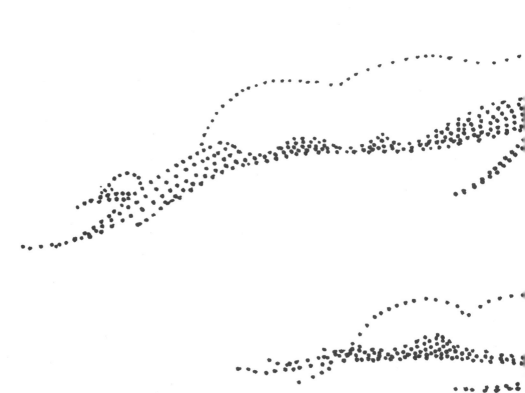

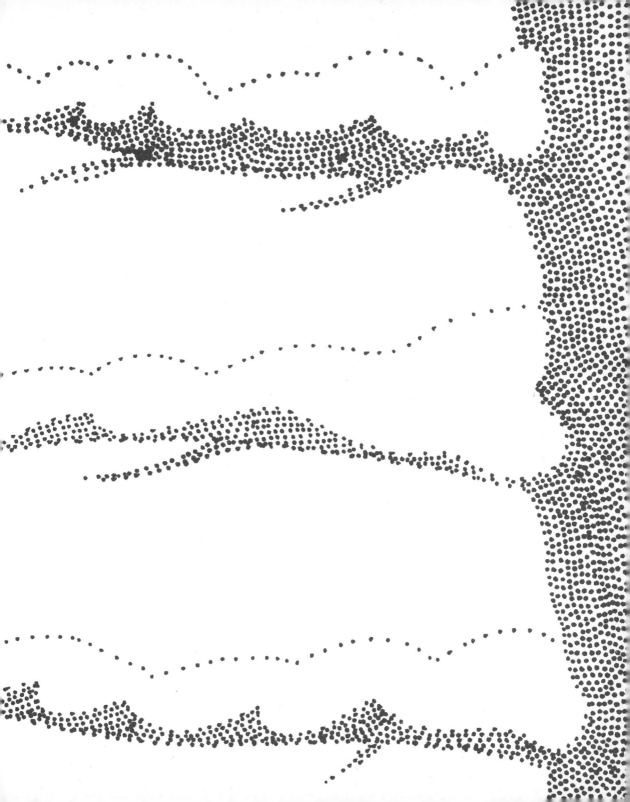

15

햇빛은 달아오를 뿐이었고 해가 전하는 메시지는 되풀이되었습니다.

"네가 겨울을 견뎌내고 살아남은 건 네가 아주 큰 사랑을 받기 때문이란다!"

"사랑을 받는다고요?" 나무는 더듬거렸습니다.

사랑을 받는다는 말에 이의를 제기하기는 싫고 다만 다짐을 받고 싶었던 거지요.

16

"사실이란다." 해가 대답했습니다. "구름이 우리 사이를 갈라놓은 것처럼 보일 때도 있었지만, 사실 난 거기 있었단다. 네가 날 볼 수 없었을 때도. 보이긴 보이는데 멀리서 보일 때, 그래서 네가 내 온기를 느낄 수 없었을 때, 그때는 내가 빛을 집중적으로 보내 주었지. 아무렴, 빛과 눈을 동시에 보낸 적도 있었는데, 그건 내 광휘가 위로는 네게 비치고 아래서는 반짝이며 빛이 나도록 하기 위해서였지. 그때 너는 너무 밝아서 눈이 부시다고, 빛이 너무 강하다고 생각했지. 너는 네가 원하는 것보다 더 많은 것을 보고 있었단다. 기억나니?"

17

나무는 놀라서 아무 말 못 하고 우두커니 서 있었습니다.

해는 이야기를 이어갔습니다.
"한기와 얼음 그리고 혹독한 추위 덕분에 네 조직은 알맞게 단단해졌지.
이제 곧 네 가지에 열매가 맺힐 텐데, 그 무게를 감당할 수 있을 만큼
강해져야 하지 않겠니. 만약 내가 겨우내 네 가까이 머물렀다면
너는 이 정도로 튼튼해지지 않았을 거야.
내가 바라고 꿈꾸었던 모습이 절대 될 수 없었을 거야.
하지만, 자 이제 너를 한번 보렴!"

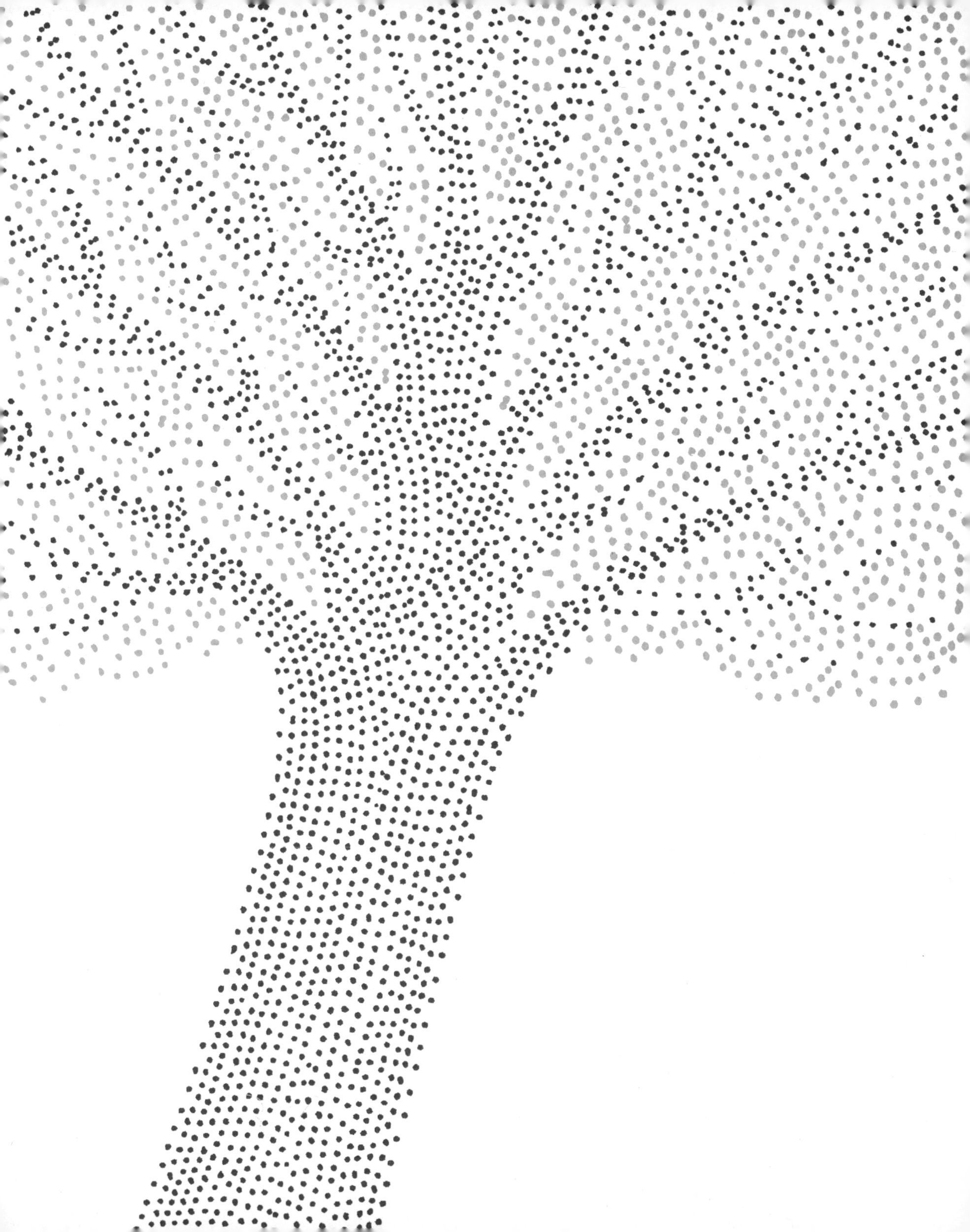

18

홍조가 꽃잎을 타고 발그레 번져 나갔습니다. 나무는 할 말을 잃고 서 있었습니다.

"네가 겨울을 견디고 살아남은 것은 네가 엄청나게 사랑받고 있고, 사랑받았고, 언제나 사랑받을 것이기 때문이란다." 해가 말했습니다. "왜냐하면 네 안 깊이 자리 잡은 자그마한 곳, 추워도 얼지 않고 신비를 향해 열려 있는 그곳을 내가 내 거처로 삼았으니까. 네가 사면에서 내 온기를 느끼기 훨씬 전부터 너는 속에서부터 자유로워지며 모양이 빚어져 가고 있었단다. 너무 깊고 심오해서 도대체 무슨 일이 일어나고 있는 것인지 너로서는 알 수 없었을 방식으로 말이야."

19

"저… 저는… 믿었어요." 나무는 들릴 듯 말 듯하게 말했습니다. 그 말이 자기 안 깊은 곳에 있는 그 공간에서 나오는 것 같다고 알아차렸기 때문입니다.

"그래, 너는 믿었지." 반짝 빛을 내며 해가 말했습니다. "너는 늘 믿었지. 그 때문에 네가 자랄 수 있었던 거란다. 네 존재의 중심에서 나에 대해 줄곧 믿음을 갖지 못했다면 너는 지금의 네가 되지 못했을 거야."

20

이는 나무로서는 거의 감당할 수 없을 정도의 기쁨이었습니다.

나무는 찬양을 하려고 두 팔을 높이 치켜들었습니다.

하지만 아무 말도 나오지 않았고, 아무 말도 필요하지 않았습니다.

21

몇 주가 지났고, 한때 외로웠던 나무는 이제 이 풀밭을 오가는 사람들의 삶의 한 부분이 되었습니다. 아이들이 근처에 모여 연을 날리자 나무는 장난스럽게 연을 잡아챘다가 페어플레이 정신으로 다시 던져 주었습니다.

"너 참 착하구나." 아이들이 나무에게 말했습니다.
"우리가 이제 널 친구라고 부를게."

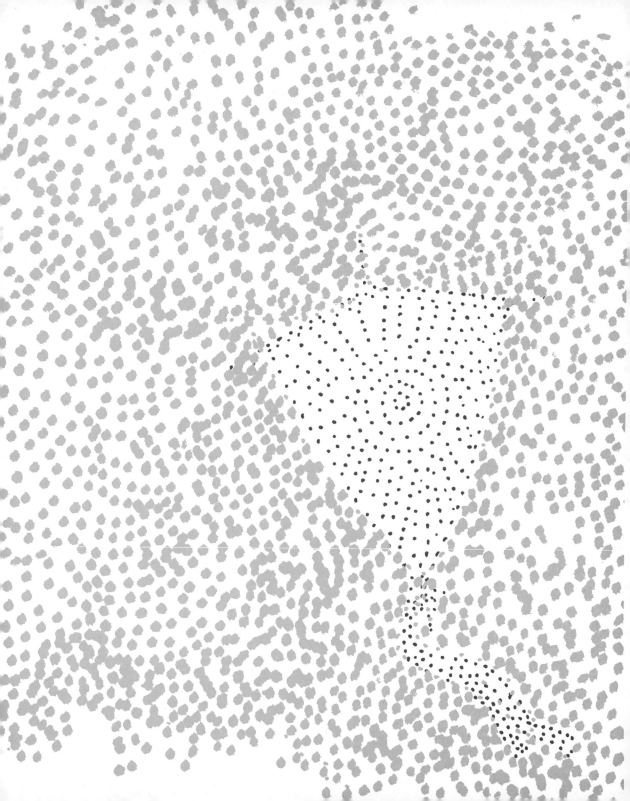

22

젊은 연인 한 쌍이 이제 초록이 짙어지고 있는 잎새 그늘에 앉아 사랑의 말을 속삭였습니다. "여긴 특별한 곳이야." 두 사람은 그렇게 말하며 나무의 심장 옆에 두 사람의 이름 첫 자를 새겨 넣었습니다.

"우리는 너를 비밀 지켜 주는 나무라 부를게." 두 사람이 나무에게 말했습니다.

23

수심에 잠긴 한 여인이 풀밭 사이로 지친 발걸음을 말없이 옮겨 놓고 있었습니다. 염려의 무게로 등이 구부정해진 여인은 자신의 걱정거리 외에는 어떤 것도 눈에 들어오지 않았습니다. 여인은 거기 나무가 있다는 것도 알아차리지 못했습니다.

"여기 와서 잠깐 쉬었다 가요." 나무가 속삭였지만, 여인은 나무가 열매 하나를 오솔길에 떨어뜨려 주고 나서야 비로소 나무 쪽으로 눈길을 주었습니다. 여인은 나무 밑에 힘없이 주저앉아 나무가 떨구어 준 열매를 먹었습니다. 그리고 깊은 생각에 잠겼습니다. 자기 둥치에 기대어 쉬면서 여인의 마음이 편안해지는 것을 나무는 느낄 수 있었습니다.

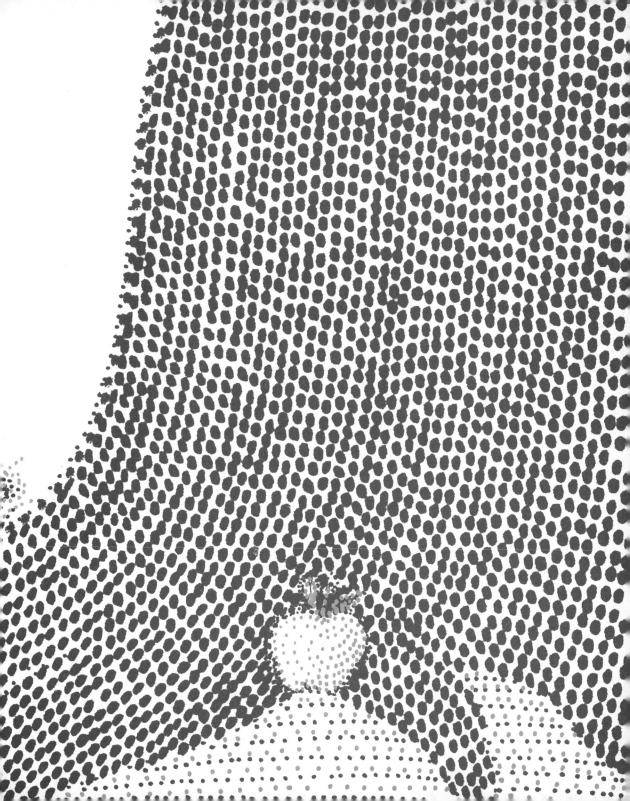

24

얼마 후 여인이 몸을 일으켰습니다. "고맙구나." 여인은 중얼거리듯 말하며 나무를 껴안았습니다.

나무는 움찔했습니다. 겨울이 맹위를 떨치던 때 다치고는 아직 낫지 않은 부분에 여인의 손이 닿았기 때문입니다. 봄과 여름이 나무에게 그렇게 다정했어도 그 부분은 여전히 예민했습니다. 여인은 상처를 알아본 듯 조심스레 어루만져 주었습니다. 그 순간, 수심 많은 여인과 나무 사이에는 일치감이 생겼습니다. 서로의 처지를 이해했고 서로 이를 알아본 것입니다.

"나는 너를 소망이라고 부를게." 여인이 나지막이 말하면서 고맙다는 듯 다시 한 번 다정하게 나무를 쓰다듬었습니다.

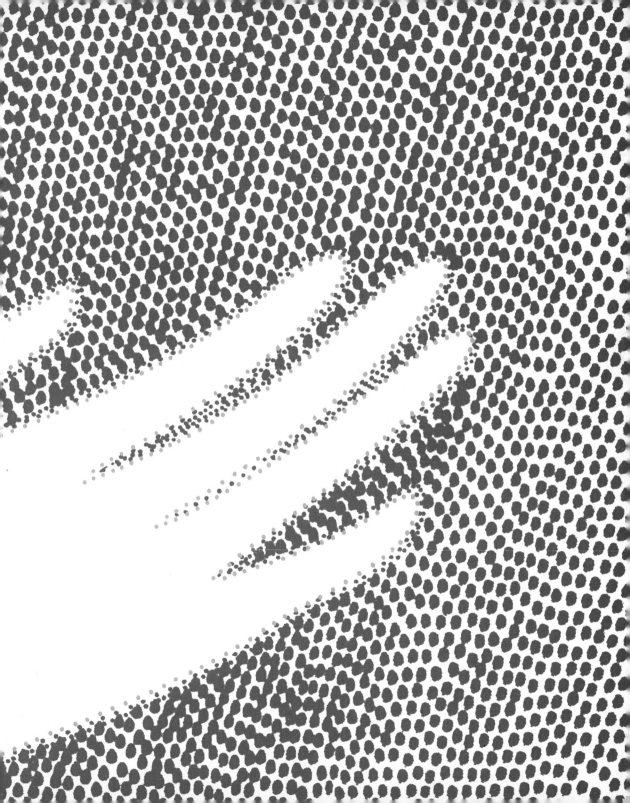

25

나무는 지극히 겸손하게 몸을 굽혀 여인이 전해 준 선물에 감사를 표했습니다. 그 선물만큼 잘 드러나지는 않았으나 더욱 감사한 것은, 그 상처 덕분에 말로 다 할 수 없는 연대감이 생겼다는 점이었습니다.

26

열매를 다 나눈 지 오래 후, 잎사귀가 진홍빛으로 물들어가는 것이 눈에 띄기 시작할 때까지도 나무는 그간 겪은 이 모든 일에 대한 기억을 마음 깊이 간직했습니다.

"나한테 그런 일이 생길 거라고 누가 상상이나 했겠어?" 나무는 딱히 누구에게라고 할 것 없이 그렇게 말했습니다.

그리고 이어서 나무는 해를 향해 말했습니다. "… 당신 말고는요!"

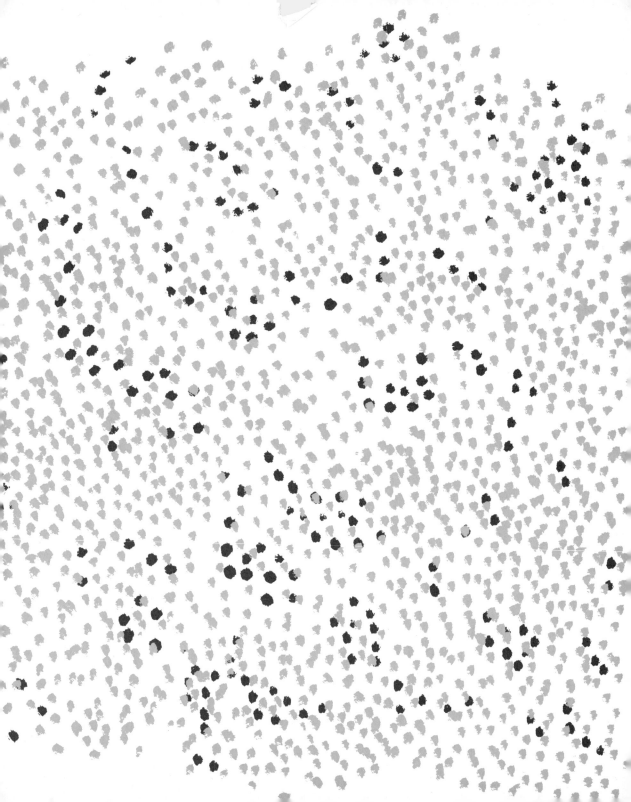

27

"보셨어요? 들으셨어요?" 나무는 진지하게 물었습니다. "누군가가 나를 필요로 했다고요! 나를 원하는 이가 있었다고요! 완전히 새로운 차원에서 내가 삶을 나누었다고요! 무엇보다 좋은 건, 내게 이름이 생겼다는 거예요. 정말 아름다운 이름 아닌가요? 사람들이 나를 친구라 부르고, 비밀 지켜 주는 나무라 부르고, 소망이라고 불러요."

"그렇구나." 저녁 하늘을 가로질러 불그스름한 미소를 드리우면서 해가 대답했습니다. "그런데 내가 네게 지어 준 이름은 뭐지?"

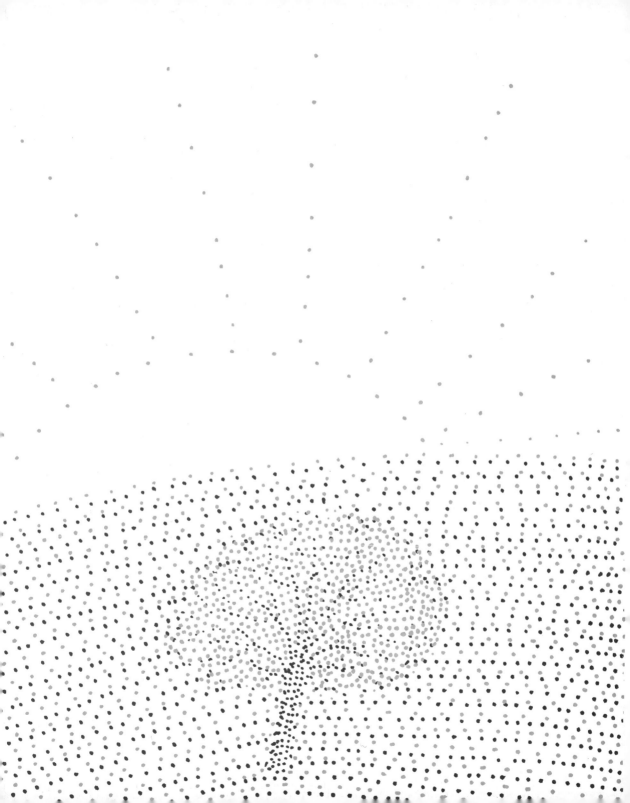

28

"저한테 이름을 지어 줬다고요?" 나무는 그걸 모르고 있었다는 사실에 깜짝 놀라 물었습니다.

"네가 묘목이었던 때보다 훨씬 전이지." 해가 엄숙히 대답했습니다.

"당신은 저를 뭐라고 부르시는데요?" 나무가 물었습니다.

"잠깐만 그대로 있으렴." 해가 대답했습니다.
"그리고 아주, 아주, 주의해서 들어봐. 내가 말해 줄 테니."

29

해가 저 먼 언덕 뒤로 미끄러져 들어가는 것을 지켜보면서 나무는 가만히 서서 기다렸습니다. 곧 하늘빛이 달라질 기미를 느끼면서.

30

"저를 뭐라고 부르시는데요?" 나무는 밤의 정적 가운데 다시 물었습니다.

"네 이름은 믿음이야." 나무의 내면에서 작은 목소리가 말했습니다.

"네 이름은 믿음이야." 저녁별이 깜박였습니다. 나무에게 다시 확인시켜 주기라
도 하는 듯.

"네 이름은 믿음이야."
무수한 별들이 밤의 어둠 사이로 일제히 모습을 드러내며 선포했습니다.

겨울을 견뎌낸 나무

메리 페이 지음 | 에밀 안토누치 그림
오현미 옮김

2019년 2월 27일 초판 1쇄 발행

펴낸이 김도완
등록 제406-2017-000014호(2017년 2월 1일)
전화 031-955-3183
전자우편 viator@homoviator.co.kr

펴낸곳 비아토르
주소 경기도 파주시 문발로 197 102호 (우편번호 10881)
팩스 031-955-3187

편집 이은진
제작 제이오
제본 (주)정문바인텍

디자인 임현주
인쇄 (주)민언프린텍

ISBN 979-11-88255-29-0 03840

저작권자 ⓒ 메리 페이, 2019

이 도서의 국립중앙도서관 출판예정도서목록(CIP)은 서지정보유통지원시스템 홈페이지(http://seoji.nl.go.kr)와
국가자료종합목록시스템(http://www.nl.go.kr/kolisnet)에서 이용하실 수 있습니다.
(CIP제어번호 : CIP2019005632)